AF595258

PETIT-BRETON

Comment je cours sur route

PRÉFACE DE

HENRI DESGRANGE

LIBRAIRIE DE *L'AUTO*

10, Faubourg Montmartre, 10

Prix : 0 fr. 70

PETIT-BRETON..... en Breton !

PRÉFACE

Mon cher Petit-Breton,

Vous m'avez demandé quelques lignes pour présenter au public votre petit traité. Je ne croyais pas que ce fût nécessaire. Quand on a fait ce que vous avez fait, on n'a plus besoin de Mentor. Et je vous fis observer qu'ayant affronté tout seul tant et tant de milliers de kilomètres, vous deviez sans assistance pouvoir affronter bien des milliers de lecteurs.

Mais puisqu'avec une insistance très aimable vous m'avez réitéré l'expression de votre désir, je vous écris. Tant pis pour vous! Il faudra imprimer ma lettre.

Je disais au cours du dernier Tour de France (13 juillet-9 août), je disais le 22 juillet :

« Je ne vais pas faire ici la monographie de Petit-Breton. Depuis le temps que ce coureur promène sur les pistes et sur les routes son maillot bleu bordé rouge tout a été dit sur lui et je ne veux rien répéter.

*« Dirais-je seulement que l'esprit a peine à s'accoutumer à voir en lui l'*homme *du Tour de France. Il ne me plaît pas de nier l'évidence : Petit-Breton*

tient la tête du classement avec une avance telle qu'il lui faudrait d'invraisemblables catastrophes pour le lui faire perdre. Et pourtant, quand je le vois sur la route, je ne puis m'empêcher de songer au bon sprinter qu'il fut jadis, à la silhouette indéniable qu'il possède du beau coureur de vitesse. Pas davantage je ne puis oublier qu'il est un nerveux avant d'être un musculaire et qu'il paraît anormal qu'il puisse calmer ses nerfs des centaines de kilomètres durant. Je n'oublie pas, non plus que ses abandons furent nombreux dans les courses sur route et qu'il abandonna certains Bol d'Or.

« Mais l'évidence est là, je le répète. Le Tour de France transforme notre homme, en fait un calme, un pondéré, un prudent. L'autre jour, au contrôle de Nancy, la neutralisation n'était pas achevée et Petit-Breton, sur sa machine, soutenu par un soigneur, attendait le signal du départ, les yeux obstinément fixés au sol, l'esprit absorbé.

« — A quoi pensez-vous, lui demandai-je ?

« — A la fin de l'étape, me répondit Petit-Breton.

« Il songeait à l'utile, au Ballon d'Alsace, et toute l'étape durant, il ne songea qu'à cela et jamais, 200 kilomètres durant, il ne commit la moindre faute qui pût compromettre la lutte finale.

« Ce nerveux devient un calme chaque année pendant 28 jours.

« H. D. »

Aujourd'hui que l'épreuve est terminée et que vous l'avez gagnée, naturellement, je n'ajouterai que des choses dont souffrira votre modestie, mais qu'il faudra tout de même placer en tête de votre ouvrage.

Vous êtes surprenant, Petit-Breton. Que de fois avons-nous pu assister à cette scène. Vous vous trouvez dans le groupe de tête. Une crevaison survient, vous arrête. Vous descendez de machine vite, mais sans précipitation, et sans précipitation, mais vite, vous voici réparant. Nous, nous partons avec le peloton, vous laissant à votre ennuyeux ouvrage. Et au contrôle suivant, quelle n'est pas notre stupéfaction de reconnaître, parmi les ombres errantes du peloton dirigeant, le calme et placide Petit-Breton, qui, travail terminé, a voulu rattraper, et a pu, en effet, rattraper.

Comment avez-vous fait ? Comment faites-vous pour surveiller votre machine, ainsi que j'ai constamment pu voir que vous la surveilliez, en amie sûre, qui doit être soignée avant son cavalier, en camarade fidèle, en associée ?

Voilà ce qu'il sera bon que vous divulguiez à tous nos jeunes. Les cyclistes, quand ils vous admirent et vous applaudissent, rendent hommage à un « maître ». Que le maître donne un jour publiquement ses utiles leçons à tous ceux qui en veulent profiter, c'est nécessaire, c'est indispensable. Faire de la route est à la portée de tout le monde : savoir en faire est le secret de bien peu de gens.

Vous, votre secret, vous le livrez à votre lecteur. Il doit vous en être reconnaissant. Et c'est un vieux routier, Petit-Breton, qui, en ce moment, vous applaudit comme écrivain vulgarisateur, comme il vous a, ces jours-ci, applaudi comme routier.

H. DESGRANGE.

10 Août 1908.

COMMENT JE COURS
SUR ROUTE

MA VIE

La vie d'un coureur doit être de tout temps réglée et sérieuse. — Plusieurs années d'entraînement avant d'être un grand champion.

Je ne vis pas comme un anachorète. Au contraire, j'aime assez les distractions. Mais je suis, avant toute autre chose : champion cycliste. Et, en conséquence, l'expérience acquise après de longues années de courses m'a fait adopter un genre de vie qui ne conviendrait certainement pas à tous les snobs.

En temps ordinaire donc, et bien que je ne sois pas à l'entraînement, je ne me couche jamais plus tard que dix heures. Il me faut un repos de huit heures au minimum. Alors je suis en excellent état, et si je me mets au travail sans avoir observé cette sage prescription qui fait partie de mon régime, il m'est impossible d'acquérir la forme qui m'a valu quelques succès.

Autrefois, je ne prenais aucun souci de mon repos et j'avais confiance en une constitution que je croyais extrêmement robuste. Plusieurs Bols d'Or m'ont démontré que je ne me connaissais pas bien ; aujourd'hui j'ai adopté un autre genre de vie ; je me couche de bonne heure, je me soigne perpétuellement, et c'est à ce régime que je suis de façon constante, que j'attribue mes victoires du Tour de Belgique, de Paris-Bruxelles et du Tour de France.

Je ne vous dirai point que de tout temps je me conforme au régime que je me sais favorable, mais je peux vous garantir que jamais je n'ai de grands écarts de conduite.

Je me lève toujours tôt. Je déjeune avec appétit, vers neuf heures du matin, après avoir procédé à mes ablutions journalières, à des ablutions que ne désavouerait pas Grenier, l'ancien député musulman. Et si je ne pousse pas l'excentricité jusqu'à m'en aller laver mes pieds dans l'eau..., mettons limpide, de la Seine, en plein public, je n'en procède pas moins chaque matin à mon lever, au nettoyage de tous les pores que la nature a bien voulu me consentir.

Et je m'en vais ensuite faire un tour pédestrement, lisant avec la plus grande attention possible l'*Auto*, encore que cette lecture ne soit pas indispensable pour acquérir la forme.

A mon grand déjeuner, je me permets quelques fantaisies : ainsi, moi, qui adore la cuisine italienne, je ne déteste pas — vieille habitude de l'Argentine — quelque bon plat de pâtes à accommodement un peu épicé. Mais je n'en abuse jamais.

L'après-midi, je le passe, la plupart du temps, dans les vélodromes. L'entraînement des autres coureurs me plaît énormément, beaucoup plus que le mien. Je comprends alors tous ses avantages, toutes ses beautés, toutes les joies qu'il procure... aux habitués des spectacles vélodromesques ; et il est bien rare que je ne me sente pas des fourmis dans les jambes, en voyant tourner, à des allures que je qualifierai de folles, tous mes camarades.

Autrefois je ne pouvais résister à la tentation, j'étais — je le confesse humblement — un « piqué du vélo ». C'est, du moins ainsi que Simar, la joyeuse Pipelette, me surnommait. Et il n'exagérait pas du tout.

Aujourd'hui, l'expérience a calmé mes ardeurs. Je ne suis plus du tout le même. Ainsi, il ne me viendrait jamais à l'idée, au lendemain du Tour de France, d'aller m'exhiber en public, et tenter d'éblouir la galerie par quelques démarrages bien sentis. Je le faisais au bon temps jadis, avant que je ne lise — je vais faire plaisir à M. Desgrange, l'auteur de la préface de ce livre sans prétention — *La Tête et les Jambes*. Je ne le ferais plus, maintenant, même si l'on m'offrait des milliers de francs... Est-ce fantaisie de capitaliste — car je suis devenu capitaliste, et ça me change rudement — est-ce un peu de plomb dans la tête? J'aime mieux faire croire à Henri Desgrange que c'est la seconde raison qui est la bonne.

Toujours est-il que je rentre chez moi le soir, sans avoir, lorsque je ne suis pas à l'entraînement, accompli un seul tour de piste. Où est-il, le bon temps du Vélodrome de Palermo, à Buenos-Ayres ? A cette époque, avant que je ne vienne en France, il y a plus de six ans de cela, je roulais toute la sainte journée. Les assidus de l'entraînement n'avaient qu'à demander le « Petit-Breton », et ils étaient servis. L'Enfant de Plessé se mettait en piste immédiatement, et, simplement dans le but de récolter quelques bravos, exécutait quelques-unes de ces imprudences qui amènent fatalement le surentraînement et quelquefois bien pis.

C'est un bonheur pour moi de me retrouver aujourd'hui encore en possession de toutes les qualités dont mes parents m'ont gratifié.

Je dîne sobrement, sans me priver, mais sans me permettre un seul excès, et une fois de temps à autre je m'autorise le théâtre ou le concert, plutôt le théâtre qui convient mieux à mes goûts.

Je raffole du Français. J'aime beaucoup l'Opéra-Comique. J'aimais encore mieux les réceptions au Consulat Argentin, où je suis considéré plus que jamais comme un enfant de Buenos-Ayres et où je compte des sympathies qui me sont bien chères.

Ces soirées-là me conduisent fort tard. Je rentre chez moi il est bien près de minuit et demi. Mais je m'en relève facilement. Le sommeil ne compte guère pour un habitué des Six Jours de New-York. Le sommeil ne m'est pas indispensable, et je m'en suis bien aperçu le jour de certaines épreuves que j'ai disputées dans des conditions d'énervement impossibles à décrire.

Au repos, je dors parfaitement et je n'ai, en quelque sorte, aucun souci. Ma vie est exempte de difficultés. Elle est calme. Elle est simple... Il est vrai que je n'ai pas souvent une vie ordinaire!...

Si je compte bien, en effet, il me reste peu de mois dans l'année à vivre de l'air du temps.

Dès le mois de février, je suis à l'entraînement en vue de Paris-Roubaix, une damnée course que je n'ai pu encore décrocher et que je ne décrocherai probablement jamais, mon intention formelle étant d'abandonner le sport.

Je continue ensuite à parfaire ma forme en vue de Bordeaux-Paris. Puis viennent quelques autres épreuves, l'*Auto* en a toujours plein ses poches...

Enfin arrive le Tour de France, puis le Bol d'Or. Après cela, couronnement d'une saison bien remplie, il faut reprendre le travail et un travail tout spécial, en vue des Six Jours de New-York.

Il va me sembler bon, cette année, de rester définitivement tranquille et de ne plus taquiner mon vélo qu'en bon touriste et, peut-être bientôt, en bon père de famille!

C'est alors que je vais pouvoir suivre le régime que je préconise à tous ceux qui veulent faire des champions : vivre modestement toujours et sans cesse, n'abuser de rien, user de tout; se coucher de bonne heure, se lever tôt; et surtout ne jamais fumer. J'ai quelques vices, qui n'en a pas? Abran lui-même en a! Je n'ai jamais eu celui-là et c'est un gros avantage que j'ai sur le Père la Victoire.

AU TRAVAIL

Les rigueurs de l'entraînement. — Il est difficile de se mettre bien au point. — Quelques excès au cours de ma carrière.

Mais j'aborde maintenant la partie la plus intéressante de ce volume, l'entraînement du champion, ou plutôt de l'homme que la foule a sacré grand champion parce que la chance l'a favorisé dans trois Tour de France.

J'ai eu au cours de ma carrière plusieurs désillusions. J'avais d'abord l'intention de me consacrer uniquement à la piste et à la vitesse. Il me semble que j'avais quelques qualités pour cela. Seulement, je vous l'ai dit plus haut, à Buenos-Ayres, dans tout l'éclat de mes dix-sept ou dix-huit ans, je n'avais aucune tactique. Toute la journée j'étais sur mon vélo, Quand je n'étais pas sur la piste où toujours je m livrais à des excentricités fantastiques, c'était dar les rues où je semais la terreur par mes sprints désor. donnés. J'allais bien vite à l'entraînement ou sur les places de la grande cité sud-américaine, mais les dimanches, jours de courses, je n'existais plus, et j'avoue que mon désespoir était grand.

Il était venu d'Europe de vrais champions : Contenet, Singrossi, Simar, Decaup et *tutti quanti*. Ils étaient joliment durs à battre ces gaillards-là. J'y parvins pourtant. Je m'empresse de reconnaître aujourd'hui que l chance me favorisa, et que ce n'est pas la science que j'apportais à m'entraîner qui me valut les quelques succès auxquels je dois la popularité que l'on m'accorde de l'autre côté de l'Océan.

C'est en France, dans le pays le plus sportif du monde, quoi qu'en disent les Anglais, que j'appris à travailler avec quelque peu de méthode.

J'avais alors définitivement abandonné la vitesse pour le fond.

Je débarquai un beau jour de 1902, plein d'espérance et de bonne volonté. J'avais, je le concède quelque valeur, mais aucune expérience et je m'en aperçus de suite, à la première course que je courus, pour préciser.

Je m'alignai dans le Bol d'Or avec Constant Huret. J'étais plein de vaillance. Mais ce n'était pas suffisant. Il me manquait cette belle confiance que je possède aujourd'hui et que j'ai mis de si longues années à acquérir.

J'avoue humblement qu'au cours de cette importante épreuve, gagnée par moi deux ans plus tard, je me laissai faire « à l'émotion » par le Grand Constant.

Je doutais de mes moyens ; lui connaissait les siens et, mieux encore, les miens peut-être. Toujours est-il qu'il me laissa entendre qu'il n'y avait rien à faire avec lui, et que je le crus.

Je ne me défendis plus du moment où il me fit acquérir cette conviction qu'il était meilleur que moi, et je dus me contenter de la seconde place.

A mon avis, si j'avais couru plusieurs années avec Constant, en peu de temps je serais devenu un maître tacticien. Il y a longtemps déjà que je cours avec cette maîtrise et cette belle sûreté qui caractérisaient le plus fameux champion de fond que le sport cycliste ait jamais produit. Je m'en suis toujours très bien trouvé.

J'insiste quelque peu sur cette partie de ma carrière, parce qu'elle me permet de faire ressortir l'un de mes plus grands défauts : mon manque de hardiesse. Que de courses j'ai perdues à cause de mon peu d'audace! Je ne le regrette pas. Ce qui est fait est fait. Néanmoins, je suis persuadé que je n'aurais pas mis plusieurs années à acquérir sur la route une certaine notoriété, si j'avais disposé d'une qualité sans laquelle on n'est jamais un grand champion.

Je n'ai pas l'intention d'écrire, quant à présent, ma biographie ; cependant, je tiens à vous faire remarquer que je cours sur route depuis 1904.

J'ai débuté dans le Bordeaux-Paris de cette année-là. Je ne fus pas heureux. Je ne tiens pas à rappeler des incidents regrettables Je mentionne mes débuts, et voilà tout. Et cela simplement parce que, du jour où je prie contact avec les champions de la route, les Georget et autres, je fus persuadé que j'avais trouvé enfin ma voie.

Mais, j'attendis encore quelque temps avant de me lancer dans la carrière. La piste m'attirait toujours. Je me sentais des dispositions que je n'avais peut-être pas... Je gagnai une course de six heures, puis le Bol d'Or, je gagnai d'autres courses encore, chaque fois que Pottier n'était pas en ligne... Car j'avais une peur horrible de ce pauvre garçon. C'était plus fort que moi et j'étais émotionné chaque fois que je savais devoir le rencontrer.

Je ne dormais plus la veille et même l'avant-veille des courses. Affaire de nerfs probablement. Mais en tout cas, tempérament insupportable qui me valut quelques amères déceptions.

Et puis, je vous l'ai conté, la piste me faisait faire des bêtises. J'avais toujours peur de n'être pas assez préparé. Je m'entraînais furieusement. Toujours trop. Tant et si bien que le jour de la course il n'y avait plus d'homme et que le moral était au-dessous de tout.

C'est depuis que je me suis complètement adonné à la route que j'ai réussi à me débarrasser quelque peu de l'émotion qui m'étreignait à chaque départ de course.

Et c'est le Tour de France qui m'a donné une confiance que je ne possédais point.

Voici les faits : la première année que je le disputai c'était en 1905, l'année de Trousselier. Je partis sans aucune chance sérieuse de triompher car l'entraînement le plus élémentaire me faisait défaut : j'étais à l'époque, caserné à Langres pour dix mois.

Est-ce parce que je n'avais aucune espérance que je marchai si bien ? A vous de conclure. Toujours est-il que je fis quelques bonnes courses en compagnie de Dortignacq et même du grand leader Louis Trousselier, et que je réussis à terminer en très bon rang à Rennes, à Caen et à Paris, point terminus des trois dernières étapes.

De ce moment-là, je résolus de faire le moins de piste possible, surtout que le Bol d'Or, gagné par Vanderstuyft, m'avait profondément désillusionné.

Et je m'en allai passer quelques semaines en mon pays natal, à Plessé et aussi à Avessac où j'ai un parent, afin de me changer les idées.

Sur la route, je me préparai aux Six Jours de New-York dans lesquels, en compagnie de Gougoltz, je fis une course superbe.

Revenu en France, je ne perdis pas de temps à Paris. Je repartis chez moi.

Je m'entraînai sérieusement en vue de la saison 1906. En février j'étais prêt. Dans Paris-Roubaix je ne fis rien de bon. Dans Bordeaux-Paris rien de fameux encore, j'étais surentraîné. Il me fallut le Tour de France pour commencer enfin à faire parler de moi.

Parti dans la catégorie des machines poinçonnées, je n'avais aucun espoir de décrocher la première place du classement général. Aussi je fis une course pour ainsi dire tout seul, sans m'occuper d'aucun de mes concurrents. Et c'est ainsi que je terminai premier des poinçonnés, relativement près de mes adversaires que j'avais maintes fois menacés.

Vous connaissez la suite et il ne m'appartient pas d'épiloguer. Vous savez mon succès de 1907 et celui plus récent de 1908. Je n'insiste pas. Mais j'en suis personnellement très heureux, parce que ces succès ne sont pas dus au hasard, ils sont dus à un ensemble de circonstances résultat d'un entraînement judicieux et complet, entraînement que je vais m'efforcer de communiquer aux sportsmen qui auront bien voulu supposer Petit-Breton capable non seulement de tourner les jambes mais encore d'expliquer les mystères » de sa bonne condition.

L'ENTRAINEMENT

Comment je m'entraîne.

J'ai expliqué tout à l'heure le régime auquel je me soumettais en temps ordinaire, et l'on a pu remarquer qu'il était déjà très rigoureux ; en temps de course, ou plutôt en temps de préparation, il est plus rigoureux encore, car, alors, je m'abstiens de toute sortie qui pourrait me faire rentrer tard à la maison.

Je me lève vers six heures du matin et procède à une toilette assez prolongée.

Ensuite je déjeune légèrement d'une petite tasse de chocolat. Puis je règle mon vélo, ce que je tiens à faire moi même, et je pars, enfin, vers les sept heures et demie, pour accomplir ma besogne quotidienne.

Les premiers temps, j'accomplis une cinquantaine de kilomètres à toute allure, accélérant progressivement. Lorsque je me sens bien, j'augmente la distance. Je fais soixante kilomètres, puis soixante-dix, puis quatre-vingts kilomètres. Il est bien rare que je dépasse cette distance ; cependant, de temps à autre, je m'offre le luxe d'une promenade prolongée de cent vingt à cent cinquante kilomètres, voire même deux cents. Mais alors je ne pousse jamais à fond, et je rentre à la maison, sans ressentir la moindre fatigue ni la moindre courbature.

Le travail sur route est beaucoup moins compliqué que le travail sur piste Il s'agit, avant toute autre chose, d'acquérir l'assiette qui permet les grandes randonnées.

Quand on fait facilement ses cent kilomètres en trois heures un quart, trois heures et demie on peut aisément aller jusqu'à deux cents et même trois cents kilomètres, à la condition expresse que l'assiette se prête à ce genre d'exercice, qui n'a rien de très agréable au fond. Le tout est affaire d'habitude.

Après, le travail n'est pas plus compliqué. Il s'agit, tout en acquérant une certaine endurance, de ne pas perdre ses qualités de vitesse.

Pour un ancien sprinter ou plutôt un ancien pistard comme moi, le secret est excessivement simple. On se rabat sur la petite multiplication et si j'ai un bon conseil à donner en passant à ceux de mes lecteurs qui voudront faire de la route, je leur conseillerai de ne jamais employer un développement supérieur à 5 mètres.

Je crois sincèrement qu'avec cette multiplication, tout le monde peut arriver à couvrir en son entier le Tour de France. C'est celle dont je me suis servi. A l'emballage on s'en trouve quelque peu désavantagé, mais au train il n'en est plus de même, et j'estime que c'est grâce à elle que j'ai évité les maux de genoux dont ont souffert la plupart de mes camarades, exception faite toutefois de François Faber qui, entre nous, n'est pas un gaillard ordinaire.

Il n'est pas mauvais non plus de faire de temps à autre de la piste, mais alors il faut en faire en solitaire et se connaître suffisamment pour ne pas tomber dans l'exagération. On se fixe un tableau de marche. On le suit aveuglément. Point n'est besoin, quand on a un peu de force de caractère, d'un manager ou d'un directeur sportif pour s'arrêter juste quand il le faut.

Je viens de vous dire que je faisais en moyenne quatre vingts kilomètres par jour quand j'avais acquis une certaine souplesse; sur piste je complète ordinairement les cent kilomètres.

La piste me convient admirablement. Elle est plus dure que la route. C'est à elle-même que je dois mes facultés d'homme de train, qualités qui m'ont toujours permis, dans le dernier Tour de France, de rejoindre mes camarades lorsqu'une avarie quelconque m'avait obligé à les abandonner momentanément.

Je me soigne en temps d'entraînement comme pendant une course, à cette différence près, que mon déjeuner est, sans être extrêmement abondant, très substantiel. En course je ne mange presque pas. En tout cas, rien que des choses légères et faciles à digérer. Je raffole tout particulièrement de la crème de riz qui me réussit admirablement et qui me permet d'éviter toute défaillance provenant de la vulgaire « fringale ».

On a dit que je me droguais. C'est un pur mensonge. Et d'ailleurs c'est une affirmation qui ne tient pas debout. Comment voulez-vous, en effet, que la drogue agisse pendant plusieurs heures. Passe pour un sprint qui nécessite un violent effort. Mais sur la route la chose n'est pas admissible et, en tout cas, je mets au défi n'importe quel coureur de se droguer pendant les vingt-huit jours que dure le Tour de France. Il n'y a pas un estomac pour résister à semblable régime.

Le plus clair de l'histoire c'est que quand on est en forme, qu'on le veuille ou pas, on s'y trouve. Reste la question de confiance. Je ne l'avais pas les précédentes années, ou plutôt je ne l'avais que quand je me sentais en état d'infériorité avec mes camarades. Je me tenais alors le raisonnement suivant : « Ah ! tu ne peux lutter à armes égales avec les autres ! Ah ! ils doivent nécessairement te décoller. Eh bien ! nous allons voir ! ».

Et, fort de ce raisonnement, mes rivaux ne me décollaient pas, sauf pourtant quand je me sentais une chance de premier ordre dans une course quelconque.

J'étais, dans ce cas, victime d'une bizarre condition. D'abord je ne dormais pas la veille de l'épreuve. Ensuite, j'étais incapable de fournir un effort. Il me semblait que j'avais le cœur d'un volume extraordinaire et que je ne pouvais plus respirer. Enfin, je n'étais plus le même homme que la veille et ce que je faisais vingt-quatre heures auparavant, et qui semblait extraordinaire, il m'était impossible de l'exécuter le jour de la course.

C'est à force de volonté et de travail que je suis arrivé à me débarrasser de ce vilain défaut.

Ainsi, quelques jours avant le Tour de France 1908, tout ragaillardi par mes victoires du Tour de Belgique et de Paris-Bruxelles, j'étais convaincu que personne ne pourrait me battre.

Et personne ne me battit. Et quand même je serais arrivé vingt cinquième dans la première étape, contrairement à ce qui passait les années précédentes, je n'en aurais ressenti aucun découragement.

J'étais sûr de moi ; j'avais fait tout ce qu'il fallait pour parvenir à ma meilleure forme ; j'avais travaillé consciencieusement sans jamais me forcer ; j'étais en excellente santé parce que, depuis Bordeaux-Paris, je n'avais fait aucun excès, ni de nourriture, ni de boisson, ni de... quoi que ce soit. C'est d'ailleurs ainsi qu'il faut se présenter dans une course ; autrement, il n'y a point de victoire acquise d'avance.

Voulez-vous que je vous résume ma période d'entraînement ?

J'ai commencé à faire du vélo en février dernier ; de cinquante à soixante kilomètres par jour, à bonne allure, sur les côtes méditerranéennes, lesquelles, hélas ! ne sont pas à la portée de tout le monde, mais où la forme s'acquiert assez rapidement, le soleil étant toujours de la partie.

Je suis rentré à Paris ensuite et j'ai travaillé ferme jusqu'à Paris-Roubaix.

Première course, première défaite : il tombait de la neige ce jour-là, et, à Doullens, il se produisit un incident qui ne me permit pas de défendre mes chances.

Deuxième course : Bordeaux-Paris, seconde défaite ; je n'étais pas encore au point et, de plus, à Tours, je dus emprunter un vélo qui n'était pas à ma taille.

Troisième course : Tour de Belgique ! Cette fois j'étais en merveilleuse condition. Je me sentais m'en aller tout seul sur la route. Je me sentais imbattable. De fait, je le fus, puisque seul, Garrigou parvint à me montrer sa roue d'arrière dans deux étapes si j'ai bonne mémoire.

C'est à partir de cette dernière épreuve qui nécessita de ma part un travail prolongé et sérieux, que je devins quasiment imbattable. Le Tour de Belgique, je ne le nie pas, m'a préparé au Tour de France. N'avais-je pas acquis, en le disputant, l'habitude de la lutte à outrance. Et j'avais si bien acquis cette habitude que, dans Paris-Bruxelles, encore que la distance fût supérieure à toutes celles, exception faite pour Bordeaux-Paris, que j'avais couvertes jusque-là, je neme trouvai jamais en difficulté.

On a écrit que c'était Vanhouwaert qui avait mené la danse toute la fin de la course, c'est inexact. C'est moi qui fis décoller Trousselier et Garrigou, c'est moi qui tentai tous les démarrages, et j'estime qu'il était de toute justice que la victoire me sourît dans cette épreuve au cours de laquelle je m'étais follement dépensé.

Quoiqu'il en soit, la besogne raisonnée que j'avais accomplie en solitaire, le soin avec lequel j'observai le régime auquel je m'étais abstreint, l'habitude de la lutte et aussi celle de la victoire, m'avaient superbement préparé au Tour de France.

Et c'est ainsi que je m'alignai le 13 juillet dernier.

Je me sentais fort et bien portant. Contrairement à ce qui se passait en moi les années précédentes, je n'éprouvai aucune appréhension et c'est avec la certitude de vaincre que je me laissai aller dès le signal d'Abran.

J'avais trois mois de préparation sévère devant moi; durant quatre-vingt-dix jours je n'avais fait que ce que je devais faire. J'avais étudié sérieusement mon excellente machine Peugeot que je connaissais en ses moindres détails, que j'aimais, si j'ose m'exprimer ainsi, pour toutes les satisfactions qu'elle m'avait procurées : j'étais convaincu de l'excellence de mes pneus Lion ; c'était suffisamment pour que je ne redoutasse personne dans la grande épreuve de l'*Auto*.

Un dernier mot concernant mon régime.

Il ne suffit pas de se lever tôt et de se coucher de

bonne heure, il faut aussi connaître son estomac. Le mien s'est merveilleusement accommodé de viande hachée, d'un peu d eau d'Evian, de sucre et de thé.

C'est un régime que je ne conseillerai à personne. Il me convient, cela ne veut pas dire qu'il pourrait convenir à quelqu'un d'autre.

Comment je me nourris sur la route

J'aborde maintenant l'alimentation en cours de route : il faut qu'elle soit légère et substantielle.

Je recommande tout spécialement la crème de riz et le sucre qui me réussissent parfaitement. Comme boisson, du thé sucré, du café sucré, presque pas d'eau de Vichy. L'eau de Vichy n'est bonne que pour les estomacs délicats.

Je ne me rappelle pas avoir touché à une cotelette durant tout le Tour de France, dans les étapes s'entend.

L'estomac doit être perpétuellement en état de fonctionner et de résister à tous les efforts possibles, il ne doit jamais être surchargé.

A l'étape c'est une autre affaire. Je mangeais ce qui me plaisait, sans excès, et je mangeais seulement lorsque cela me disait.

Je reprenais en quelque sorte le régime que j'avais suivi avant la course.

Inutile d'ajouter que je me reposais longuement, mais sans forcer. Je dormais une huitaine d'heures et j'évitais autant que possible, les jours de repos, les longues et fatigantes promenades à travers les diverses villes.

Le soir de l'arrivée, cela ne me faisait rien. Mais le lendemain rien à faire pour me débaucher : je restais à l'hôtel à envoyer des cartes postales et je déjeunais modestement afin de pouvoir, l'après-midi, prendre un repos réparateur.

Et puis, je m'occupais à régler mon vélo et à le

nettoyer. Jamais, sauf à mon jeune frère, Anselme, je n'ai confié ce soin à personne. Mon vélo était dans ma chambre, toujours sous clé et aucun soigneur n'en approchait.

Ma réputation de mécanicien.

On m'a fait une réputation de mécanicien hors ligne ; hors ligne est certainement très exagéré.

La vérité est que je m'y connais assez bien en matière de bicyclette pour en avoir possédé des quantités invraisemblables.

Je ne nie pas que je sois doué pour les réparations. Ainsi il est certain que je peux rapidement, très rapidement même, monter une roue. J'ai eu assez de rayons cassés sous moi durant ma carrière. Mais nombreux sont les routiers qui sont susceptibles de faire aussi bien que moi ; et nombreux aussi ceux qui pourraient faire aussi bien, s'ils avaient le calme nécessaire qu'il faut avoir pour procéder à une réparation lorsque les circonstances l'exigent.

Je reconnais que je suis d'un tempérament nerveux et qu'une fois à machine, j'éprouve souventes fois le besoin de pousser quelques pointes, mais, lorsqu'un accident m'arrête, je vous garantis bien que je suis aussi parfaitement calme que si je ne courais pas.

Que quelques rayons me manquent, qu'un de mes pneus soit crevé, que ma chaîne ait sauté, c'est le même prix : froidement je mets pied à terre et procède à la réparation. Et j'ai vite fait, parce que j'ai eu le soin, à l'étape, de vérifier ma trousse et d'emporter tout ce qui m'est indispensable. Je ne cherche jamais une clé anglaise, ni quoi que ce soit, j'ai tout ce qu'il me faut sur moi. Cette année, dans le Tour de France, j'avais inauguré le système de la cartouchière portative ; j'ai dans l'idée que ce système obtiendra quelque succès.

MA MACHINE

Mais je m'aperçois que je m'occupe surtout de l'homme et que je parle à peine de ma fidèle Peugeot: je dois à ce sujet quelques explications à ceux de mes amis qui seront mes lecteurs.

La machine est tout pour le coureur, aussi doit-elle être choisie avec le plus grand soin.

Tout le monde sait que j'ai fixé mon choix sur une machine sortant des usines de Valentigney, qui sont bien, je vous l'affirme les plus importantes du monde entier.

Je m'en félicite encore aujourd'hui. Je savais par expérience que ma Peugeot accomplirait, avec une facilité dérisoire, les 5 000 kilomètres du dur parcours. Avec elle, deux années de suite, j'ai franchi plaines et montagnes sans avoir jamais éprouvé le moindre ennui. J'eusse été bien mal inspiré, alors que j'avais déjà gagné deux « Tour de France » machines poinçonnées, si cette année j'avais éprouvé le besoin de changer de marque.

Donc, j'allai moi-même à Valentigney, où je fis, devant moi, monter soigneusement ma fine bicyclette.

C'était immédiatement après Bordeaux-Paris. Je m'occupai ensuite de tous les accessoires. Et, après avoir mis mon vélo à ma disposition, je repris, à titre d'entraînement la route de Paris.

J'ai tatonné longtemps avant de trouver la bonne position. C'est à mon avis, le problème le plus délicat qui soit à résoudre. On ne parvient pas du premier coup à tomber juste. Il faut travailler pour y arriver, et quelquefois un rien vous arrête longuement.

Et pourtant, pour marcher sur route avec le minimum d'efforts, il est indispensable d'être bien assis sur sa machine.

Il m'est impossible de donner à ce sujet une indication quelconque. Tout ce que je puis faire c'est d'attirer l'attention des aspirants champions sur le guidon et sur la selle. Le guidon doit être suffisamment large pour que la position des bras ne gêne pas la respiration ; la selle doit être éprouvée de longue date. Celle avec laquelle j'ai accompli mon Tour de France cette année me sert depuis au moins deux ans.

Il faut s'attacher à ne monter ni trop haut ni trop bas ; il faut trouver la multiplication qui convient le mieux à ses propres moyens : j'ai adopté 5 mètres pour les étapes ordinaires, au grand maximum 5 m. 30, pour les étapes dures 4 m. 50 ou 4 m. 75.

Les mains doivent se poser naturellement sur le guidon les bras ne doivent pas être tendus ou alors on souffre horriblement des poignets ; il faut monter assez haut si l'on veut éviter les maux de genoux dont ont souffert tant de concurrents de la grande épreuve de l'*Auto*.

Un mot, en passant, relativement aux genoux. Si vous éprouvez le moindre picotement à la suite d'une longue promenade, n'hésitez pas un seul instant, massez-vous les rotules avec des serviettes bien chaudes. Il n'y a pas d'autre traitement.

Le costume.

En ce qui concerne l'habillement du coureur sur route, il ne diffère en rien de celui du « pistard » : maillot à manches, culotte courte ou maillot de jambes. Je préfère. quant à moi, la petite culotte de piste et les genouillères de flanelle.

Si la température est fraîche, mettez-vous à même la peau quelques journaux; le vent n'aura plus aucune prise sur vous.

La coiffure ? Une simple casquette de cycliste. Votre mouchoir en guise de couvre-nuque si, comme à travers la Crau, par exemple — mais je ne vous souhaite pas de tenter l'aventure si vous n'y êtes obligés — vous avez à redouter les rayons de Phébus

A l'étape, il faut vous changer complètement et si possible, prendre une bonne douche.

La douche est préférable au bain. Celui-ci affaiblit quelque peu et l on est toujours enclin à le trop prolonger.

L'équipement.

J'ai parlé tout à l'heure de mon système de cartouchière portative. J'y reviens pour vous dire les raisons qui me l'ont fait adopter.

Autrefois, je mettais tout mon bagage — et il en faut pour un Tour de France — dans ma sacoche. J'ai trouvé le procédé incommode. Je portais, en effet, un poids considérable sur ma roue d'avant. La moindre chute, avec ce poids, pouvait m'être funeste. Vous comprenez bien que plus une machine pèse lourd, et plus elle a de chance, en cas de choc violent, de se briser.

Et puis, avec une sacoche bourrée, une sacoche devant contenir, indépendamment des outils indispensables, quelques morceaux de sucre, du chocolat, deux bouteilles de liquide, café et thé sucré, vous comprenez bien qu'il n'était guère facile de trouver instantanément l'outil convenable. D'où énervement bien compréhensible, et perte de temps très appréciable.

Avec ma cartouchière portative, aucune hésitation. Je sais y trouver ce qu'il me faut : mon jeu de clefs Peugeot, deux axes de pédales, une lime, un tournevis, de la graisse consistante, des billes, que sais-je encore ? Je ne place sur mon cadre que les rayons de rechange solidement fixés avec du chatterton, et le chatterton qui, en cas de crevaison, me permettra provisoirement de coller l'un des deux boyaux de rechange que je porte toujours en bandoulière.

Le procédé du collage au chatterton est assez primitif, mais il donne, momentanément du moins, d'excellents résultats.

Et l'on conçoit aisément, quand on connaît les dangereuses descentes des Alpes qu'on ne saurait les aborder sans pneumatiques collés. Au premier virage, si l'on ne prenait cette précaution, la chute serait inévitable...

La roue libre

Beaucoup de personnes m'ont demandé si j'avais employé la roue libre au cours de mon dernier Tour de France, je profite de la circonstance pour leur faire savoir que je ne m'en suis pas servi.

Je fais les descentes, si longues soient-elles, les pieds posés sur le tube inférieur du cadre. C'est aussi commode, et, d'ailleurs, je m'étais bien promis, cette année, de ne faire aucune imprudence, pas plus dans la descente de Giromagny, après le Ballon d'Alsace, que dans l'interminable descente du Sappey sur Grenoble.

La roue libre a des avantages, c'est incontestable, surtout si l'on veut aller excessivement vite en descente, mais, je vous le répète, je ne l'ai pas utilisée cette fois-ci, car, contrairement à certains de mes camarades qui furent victimes de chutes assez graves, je n'ai jamais oublié, en cours de route, que le Tour de France 1908 se courait sur machines poinçonnées.

J'ai fait par contre très attention à ma chaîne que j'ai vérifiée et réglée à chaque étape. Une chaîne qui saute en descente c'est souventes fois l catastrophe ; la chute d'abord, la perte de la machine ensuite. Rappelez-vous les accidents dont furent victimes François Faber et Ringeval, l'an dernier, dans l'étape Brest-Caen, et vous verrez ce qui peut arriver avec une chaîne insuffisamment tendue. L'accident ne s'est jamais produit pour moi. J'avais pris mes précautions. Tout cycliste soucieux de sa machine... et de sa peau, règlera soigneusement sa chaîne avant que d'entreprendre une randonnée quelconque.

COMMENT JE COURS

Comment je cours ? Ma foi ! comme tous mes camarades, avec cette différence que, parfois, je vais plus vite et, fréquemment, moins vite qu'eux; c'est au petit bonheur et tout cela dépend des dispositions dans lesquelles on se trouve.

Dans la dernière grande épreuve de l'*Auto*, j'ai toujours été en excellent état.

Je n'ai jamais ressenti la moindre défaillance. Je connaissais à fond le parcours ; j'avais juré de ne fournir aucun effort inutile ; j'ai tenu ma promesse et e suis enchanté du résultat, naturellement.

Comment j'ai couru maintenant, je vais vous le dire, encore que plusieurs journaux m'aient déjà demandé des articles à ce sujet.

Au cours de la première étape, je m'attachai à ne pas me laisser distancer et j'eus la satisfaction de me trouver seul avec Passerieu, après Lille, sans avoir encore eu à fournir un effort quelconque. Je me trouvais là tout naturellement, parce que je devais m'y trouver et aussi parce que je n'avais commis aucune imprudence en cours de route.

Je crois bien que j'ai compté tous les pavés. J'avais crainte de tomber et de briser ma machine. Je ne pense pas qu'aucun coureur ait pris dans Paris-Roubaix et dans Roubaix-Metz plus de précautions que moi.

Je suis arrivé second à Roubaix, malgré une crevaison et premier à Metz, après avoir été handicapé dans la nuit par une seconde crevaison.

Quand on a crevé, il ne faut pas se faire de mauvais sang. On répare ou l'on change de boyau convenablement et l'on colle soigneusement son tube au chatterton Alors on ne craint plus rien... qu'une autre crevaison. Et l'on a espoir de rejoindre le peloton.

Il ne faut pas se lancer comme un fou à la poursuite des leaders. Il faut marcher régulièrement, toujours.

Parfois j'ai couru plus de vingt minutes, une demi heure après les disparus. Imaginez-vous que j'aie exécuté un sprint formidable, que serait-il advenu? Au bout de quelques kilomètres j'étais irrémédiablement battu, et au lieu de rejoindre mes hommes, d'autres, très certainement, profitant de mon moment de faiblesse, m'eussent rejoint.

Ce n'est pas cela que je faisais.

Aussitôt la réparation effectuée, sans m'occuper de ceux que je rencontrais en cours de route, je marchais au train, à un train dur, mais excessivement régulier. J'avais eu le soin d'observer, tandis que je réparais, tous ceux qui me passaient. Je connaissais donc à peu près leur position vis-à-vis de la mienne, aussi la distance qui les séparait les uns des autres, et je ne donnais le dernier coup de collier, le coup de collier décisif, que lorsque j'avais acquis la certitude que les derniers de ceux que je poursuivais ne pouvaient être loin.

J'ai crevé quatorze fois dans le Tour de France. J'ai rattrapé les quatorze fois, parfois un peu tardivement comme à Bordeaux ou à Roubaix, mais, somme toute, jamais je n'ai manqué à une arrivée.

Je ne suis pas partisan des longues côtes, mais j'ai la consolation de penser que nombre de cyclistes sont comme moi ; je préfère de beaucoup les côtes très rapides mais courtes.

Je ne suis pas l'homme du Ballon d'Alsace que Garrigou peut aisément monter plus vite que moi. Je ne suis pas non plus celui du Col de Porte que Passerieu a grimpé splendidement cette année, encore que nous eûmes à rouler dans plus de dix centimètres de boue ; j'aime mieux l'Estérel qui convient mieux à mon genre de beauté.

C'est plus vite fait, ça grimpe moins, c'est plus convenable !

J'ai rencontré dans ce tour de France des grimpeurs, je viens de le dire, et aussi des sprinters terribles.

François Faber est le Zimmerman des routiers. Dortignacq vient ensuite. A l'emballage ces deux hommes-là nous valent largement, Garrigou, Passerieu et moi.

Je dois ajouter que je n'ai jamais tenu à lutter à l'enlevage final avec mes collègues, surtout à Bordeaux et à Nice, nous étions réellement trop nombreux et je redoutais la fatale chute.

Dans les descentes des Alpes, j'ai ouvert l'œil, je vous prie de le croire. Au Sappey j'ai laissé filer Faber, qui m'a littéralement stupéfié par son audace. Quand je pense qu'il aurait pu tomber et casser son vélo, j'en frémis encore !

J'ai préféré perdre quelques points plutôt que de me casser les reins et surtout d'endommager ma chère Peugeot, la bicyclette qui m'a permis de gagner trois Tours de France.

Je n ai eu qu'un seul moment de désespoir au cours de la grande randonnée. C'est quand un cycliste, aux environs de Morlaix, m'a flanqué par terre en pleine nuit. Je me suis relevé fortement touché. J'ai tremblé pour mon vélo. Heureusement il avait résisté au choc. Je n'eus plus, par la suite, qu'à surveiller de près les innombrables cyclistes parisiens venus à notre rencontre le jour de l'apothéose au Parc des Princes.

Pour me résumer et pour en finir, je dirai ceci : j'ai couru avec confiance, et, disposant de tous mes moyens, j'ai couru avec prudence et décision : mon étude approfondie du parcours et l'habitude que je possède de la course ont fait le reste. Tout cycliste ayant quelque qualité, beaucoup de courage, énormément de tête, peut à son tour se distinguer dans les épreuves sur route, qui sont celles que je préfère, probablement parce que ce sont elles qui m'ont procuré le plus de gloire.

En tout cas, je souhaite à tous les aspirants champions de comprendre le rôle qu'ils veulent jouer ; je les invite fermement à mener une vie sobre et régulière, à ne jamais faire d'excès, à travailler en silence et sans s'occuper ni de Pierre ni de Paul ; le jour où ils se connaîtront eux-mêmes, où ils sauront se soigner, fournir leur effort opportun, ils deviendront à leur tour des « géants » de la route, des futurs vainqueurs de la plus belle manifestation qui soit : le Tour de France.

Août 1908.

Petit-Breton.

TABLE DES MATIÈRES

Paris — Imp. H. RICHARD, 8, rue Milton

www.ingramcontent.com/pod-product-compliance
Lightning Source LLC
LaVergne TN
LVHW021647170726
843501LV00007B/2459

* 9 7 8 2 3 2 9 6 4 7 0 9 8 *